MA   QUE

麻　雀

梅子涵 文　满涛 图

接力出版社
Publishing House

那一天，我没有上学，因为那一天是星期天。

我一清早就听见很多人在叫喊，还有锣声、鼓声、敲钢精锅子声。这是在消灭麻雀。

我也参加了。我还拿了一根竹竿，竹竿上扎了
一块布条，吓唬麻雀。

别的小孩也都从家里跑出来，又喊又跳，四处奔跑，我们都觉得伟大极了，不过我们也觉得好玩极了。

喊得震耳欲聋的当然是大人。

他们喊"哦——"能直冲云霄，他们连喊"喔——去"也嘹亮。

可是我们小孩不管是喊"喔——"，还是喊"喔——去"，都像是在赶鸡。

天空不时有麻雀吓得掉下来。不过没有一只掉在我可以捡到的地方，如果有，那就更好玩了。我很盼望捡到一只麻雀。

我回家去了。

我要从天窗爬到房顶上去，

房顶离天空近。

我手一撑就爬到了天窗外面。

站在房顶上了！

蛮吓人的，可是威武雄壮！

房顶是斜的，

瓦片是红的，

天近了很多，

我站得高极了！我让腿不要抖，抖了会摔倒，咕隆咕隆滚下去就摔死了。

下面有很多人在叫喊。还有人把破衣服破被单绑在竹竿上挥舞。

锣鼓喧天，钢精锅子喧天。

外祖母也在喊，她没有看见我。如果我摔死了，她肯定很奇怪我怎么会摔死的。

昨天晚上居委会通知，今天都要参加，还说，如果家里有坏的脸盆和钢精锅就敲。

外祖母没有敲，因为我家没有。如果有，她肯定敲，她很听居委会的话。

　　这时我看见了两只麻雀！一只大的，一只小的。它们挨在一起。一点儿风也没有，可是它们的羽毛零乱，浑身发抖。"两只麻雀！"我高兴得心里喊。

它们的眼睛微微闭着。它们看见我没有呢?

我躬下身走过去。

斜的房顶是滑的,我脚一溜,吓得赶紧扒住了瓦片。"当心!"大麻雀说。

我呆住了!大麻雀说:"不要呆住,是我说的。"

小麻雀的头从大麻雀的身体底下钻出来，说："喔——去。"

这时，两只麻雀的眼睛都睁得大大的，看着我。

"你们会讲话？"

"我会讲'当心'，还会讲'你们疯了吗？'"大麻雀说。

"我也会讲'你们疯了吗？'喔——去！"小麻雀讲

"喔——去"也很像赶鸡。

我也疯了吗？

"你看看他们都疯了。"大麻雀说。

"你看看他们都疯了。喔——去。"小麻雀说。

"我们还吃虫的！"大麻雀说。

"我们还吃虫的！喔——去。"小麻雀说。

"都疯了。"

"都疯了。喔——去。"

我回过头往下面看，发现那些叫喊的人好像的确都疯了。我想看看外祖母是不是还在叫喊，是不是也疯了，结果没有看见，她大概去做饭了。

可是这时，我没有站稳，脚一滑，就咕隆咕隆往下滚了。大麻雀拼命地喊："当心！当心！"小麻雀也拼命地喊："当心！当心！喔——去！"

可是我还是咕隆咕隆地滚，结果我就摔死了。

我摔死了？我当然是在胡说。我如果摔死了，那么我现在怎么可能还在讲这个故事给你们听呢？

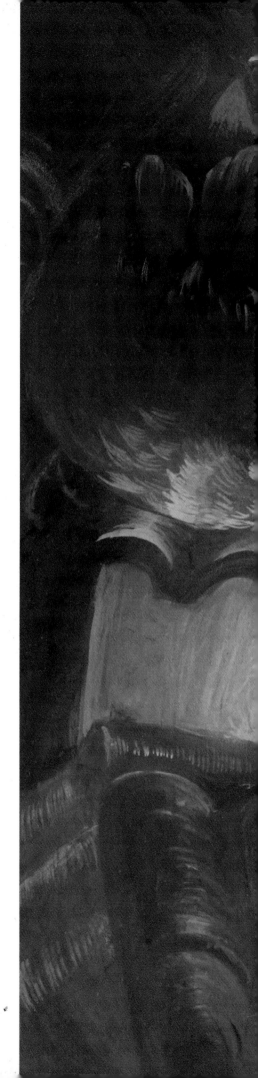

我没有摔死，因为它们拼命用嘴巴咬住我的衣服，拖住了我。

后来，我把它们抱回家，放进一只纸盒，喂它们吃饭，我对它们说："千万不要飞出去，外面危险！"

大麻雀说："不飞，他们都疯了！"

小麻雀也说："不飞，他们都疯了！喔——去！"

这两只麻雀后来一直和我生活在一起，不过，后来它们成了标本。因为两只麻雀是不可能活得很久的，如果我说它们到现在还活着，那么你们肯定又会说我胡说。小麻雀去世的时候早已经长成了大麻雀了，所以你如果现在到我家来看标本，那么你肯定分不出哪一只是大的，哪一只是小的。我告诉你，那只嘴巴张开的，好像在说"喔——去"的是小的，而另外一只当然就是大的。小麻雀不管说什么话后面都要加"喔——去"。它后来很喜欢我，可是它还是要对我说"喔——去"。

这个故事是真的。

那时我八岁。

我的外祖母已经去世了。

两只麻雀已经去世了。

很多疯子还活着。

我这个疯过的人也还活着。

我的故事讲完了。

它是真的。

但是你如果要说不是真的我也没有办法。

作家的话 >>>

是的，这个故事是关于消灭麻雀的。

我很犹豫，这个故事说给你们听，你们听得懂吗？你们会不喜欢吗？可是我决定了，还是要说。

我不能老是说一些立刻就能让你们喜欢的故事，还必须说一些你们会渐渐喜欢的故事。一个人要喜欢听立刻就喜欢的故事，也要学会听渐渐会喜欢的故事，那么这个人就有点儿水平了。

那时候我们大家都吃不饱饭。"我们大家"是谁呢？就是我们中国人。真的是吃不饱哦。我们小孩也吃不饱。过年的时候，外祖母烧了一大锅饭，平时吃不饱，过年让我们吃饱。我两岁的妹妹，一碗、两碗、三碗、四碗，一会儿就吃了四碗饭！那是年三十的晚上。妈妈问："妹妹，吃饱了吗？"妹妹摇摇头。妹妹眼睛睁得很大地看着妈妈。妹妹睁得很大的眼睛我一直记得。

我买了一个饼站在马路上吃。那是要用票买的。什么叫票呢？是钞票吗？不是，是饼票。一张饼票，再加钞票，就可以买一个饼吃。我咬了一口。我神采飞扬地还没有咬第二口，只见一个孩子飞快地奔来，夺过饼，飞快地就逃了。真是飞快！上中学的时候，我成了一个短跑运动员。我得第一名的时候，不止一次想到过这个抢饼男孩，我想，我和他究竟谁跑得快呢？我甚至在运动会的跑道上搜寻过他，看看他是不是也成为运动员了。其实我根本没记住他长什么样，我只记住了那闪电般迅速的感觉。

好了，我不再举例说吃不饱的事了。怎么举得完呢。举例是一件最困难的事。你举这个例，结果别人一下就举出了别的例，结果别的例比你的例更加能说明吃不饱。

反正，现在有一个人想出了一个新发明，大家一起消灭麻雀！因为麻雀要吃地里的粮食，不但吃稻谷，而且还吃麦粒。把麻雀全部消灭光，那么粮食就多了，肚子就不会饿。

这个发明家还进一步发明了新方法。不是用稻草人。稻草人太陈旧。稻草人是骗骗麻雀的，不能消灭麻雀。而且稻草人只能骗骗古代麻雀。也不是用气枪打，那要多少气枪？工厂里造也来不及。也不是用弹弓。而是这样叫喊："哦——""哦——""喔——去""喔——去"，还敲锣、打鼓、敲钢精锅子……吓得麻雀自动从天空掉下来。

是很多的人这样叫，全中国人一起叫，还敲锣、打鼓、敲钢精锅子……所以你想想，伟大吗！

图书在版编目（CIP）数据

麻雀 / 梅子涵文；满涛图 .—南宁：接力出版社，2015.11
ISBN 978-7-5448-3939-6

Ⅰ.①麻…　Ⅱ.①梅…②满…　Ⅲ.①儿童文学－图画故事－中国－当代　Ⅳ.①I287.8

中国版本图书馆 CIP 数据核字 (2015) 第 078304 号

责任编辑：王　莹　　美术编辑：王　叙
责任校对：张琦锋　　责任监印：刘　冬
社长：黄　俭　　总编辑：白　冰
出版发行：接力出版社　　社址：广西南宁市园湖南路 9 号　　邮编：530022
电话：010-65546561（发行部）　　传真：010-65545210（发行部）
http://www.jielibj.com　　E-mail:jieli@jielibook.com
经销：新华书店　　印制：北京富诚彩色印刷有限公司
开本：889 毫米 ×1194 毫米　1/16　印张：2　字数：20 千字
版次：2015 年 11 月第 1 版　　印次：2019 年 4 月第 3 次印刷
印数：20 001—25 000 册　　定价：38.00 元